August von Kotzebue

Der weibliche Jacobiner-Club

Ein politisches Lustspiel in einem Aufzug

August von Kotzebue

Der weibliche Jacobiner-Club
Ein politisches Lustspiel in einem Aufzug

ISBN/EAN: 9783743424357

Hergestellt in Europa, USA, Kanada, Australien, Japan

Cover: Foto ©Andreas Hilbeck / pixelio.de

Manufactured and distributed by brebook publishing software (www.brebook.com)

August von Kotzebue

Der weibliche Jacobiner-Club

Erster Auftritt.

Ein Zimmer.

Duport allein.

Er sitzt hinter einem Tische, auf welchem Papiere liegen.

Ich muß mich einschränken, so geht es nicht mehr. Was der Staat im Großen, ist jede Familie im Kleinen; wo Verwirrung im Staate herrscht, da ist auch Wirrwarr in den Häusern. Wenn der Sturm einen Eichbaum schüttelt, so haben die Ameisen unten am Boden ein Erdbeben. (die vor ihm liegenden Papiere durchblätternd) Unbezahlte Rechnungen, und wieder unbezahlte Rechnungen. Die Einnahme mindert sich, das Geld verschwindet, und die Ausgabe bleibt dieselbe. Da müssen wir vorbauen, uns lieber ein wenig bücken, so lange der Donner über unsern Köpfen braust; den Schwarm von Bedienten abschaffen, zu Fuße gehn, keine Palläste mehr bewohnen, und uns näher an einander drücken wie die Schaafe beym Gewitter.

Zweyter Auftritt.

Louis in Nationaluniform, in der Hand einen kleinen Galgen aus Karten geschnitten, an welchem ein Kartenmann hängt.

Louis. (herein hüpfend) Siehst du, Vater! siehst du.

Duport. Was soll das seyn?

Louis. Das ist ein Laternenpfahl, und da hängt ein Aristokrat.

Duport. Dummer Junge! wer hat dich das gelehrt?

Louis. den Laternenpfahl hat die Mutter ausgeschnitten, und den Kartenmann, der dran hängt, hab' ich selbst gemacht.

Duport. Woher weißt du denn, daß dieser Kartenmann ein Aristokrat ist?

Louis. Ey, ich thue ihm einen Schimpf an, und nenne ihn so.

Duport. Einen Schimpf?

Louis. Freylich.

Duport. Warum hältst du denn das für einen Schimpf.?

Louis. Die Mutter hat es mir gesagt, und la Brie hat mir das auch gesagt. Und deswegen hat mir auch Mama die schöne Uniform machen lassen, damit die Leute gleich sehen sollen, daß ich kein Aristokrat bin.

Duport. O ja, wenn die Vaterlandsliebe in der Uniform säße, so wären die Franzosen allen Völkern darin überlegen. Weißt du denn, was das für ein Ding ist, ein Aristokrat?

Louis. *(auf seinen Galgen deutend)* Da hängt einer.

Duport. Also ein Geschöpf deiner Einbildungskraft? ich würde dich schlagen, du kleines Kind,

wenn

wenn nicht die großen Kinder eben so dächten und handelten wie du.

Louis. Ey, giebt es auch große Kinder?

Duport. O ja, noch mehr als kleine. Doch Eines merke dir mein Sohn: Schimpf kann nur den treffen, der nicht brav und ehrlich, gut und gerecht ist. So, zum Beyspiel, bist du beschimpft, wenn du einen Mann an den Laternenpfahl hängst, wäre es auch gleich nur ein Kartenmann, ohne zu wissen warum? verstehst du mich Louis?

Louis. O ja, aber nennen Sie mich doch nicht Louis.

Duport. Bist du anders getauft?

Louis. Mama nennt mich François, weil der Herr von Mirabeau so heißt.

Duport. (hitzig) Deine Mutter ist — (er hält an sich) Geh, geh! steck die Nase in den Katechismus, und bekümmere dich gar nicht mehr um die Aristokraten. Du bist Louis und sollst Louis bleiben. Der Louis ist mein lieber Sohn, aber der François, wenn er mir noch einmal unter die Augen tritt, bekömmt ein paar Ohrfeigen. Merk dir das.

Louis. (halb weinend) Ich weiß ja am Ende selbst nicht mehr wie ich heisse. (er geht fort)

Duport. Armer Junge! wir werden bald alle nicht mehr wissen, welchen Nahmen wir führen sollen.

Drit-

Dritter Auftritt.

Duport. Madam Duport

Duport. Guten Morgen, mein Schatz.

Mad. Duport. Da kömmt das Kind mir weinend entgegen, was haben Sie ihm gethan? Seine Reden sind so verwirrt.

Duport So verwirrt als die Begriffe, welche Sie ihm einpflanzen.

Mad. Dup. Ich?

Duport Er schwatzt von Aristokraten.

Mad. Dup. Wer schwatzt denn nicht davon?

Duport. Ohne zu wissen, was er darunter versteht.

Mad. Dup. Er soll es schon erfahren.

Duport. Wozu das?

Mad. Dup. Man muß den Kindern früh edle Grundsätze einprägen.

Duport. Das heißt: man muß ihn lehren, die Tugend schätzen, wo er sie findet, sie wohne in der Brust eines Demokraten oder Aristokraten.

Mad. Dup. Bey den letzten wird er sie nie finden.

Duport, Nicht? — o Henriette! Sie vergessen, daß ihr eigner Gemahl —

Mad. Dup. Sie führt Ihr Privatinteresse irre, mich beseelt das Interesse des Staats.

Duport. Die Wahrheit ist schon lange untergesunken, die Leidenschaften schwimmen oben.

Mad.

Mad. Dup. Uns hält die Göttinn Freyheit an rosenfarbenen Banden.

Duport. Nein, an der Nase hält sie euch, und dabey führt sie euch auch herum.

Mad. Dup. Schon gut mein Herr, Sie werden finden, daß die Freyheit wenigstens keine wächserne Nase ist, die sich drehen läßt, wie vor alten Zeiten die Gerechtigkeit.

Duport. Es war doch immer besser, so lange wir etwas zu drehen hatten, denn das was wir drehten, bekam doch zuweilen eine grade Richtung; aber jezt —

Mad. Dup. Die Knabenstimme des Witzes gilt nicht mehr, seit die männliche Stimme der Freyheit ertönnten.

Duport. Haben Sie bey dieser Freyheit etwas gewonnen?

Mad. Dup. Nein, das Ganze hat gewonnen, und daran gnügt meinem Patriotismus.

Duport. Das Ganze? aber das Ganze besteht doch aus einzelnen Theilen, und wenn Keiner der einzelnen Theile gewonnen hat, so kann auch das Ganze nicht gewonnen haben. Sonderbar! jedermann rühmt die Freyheit, und Niemand ist zufrieden. Der Baum ist schnell heraufgeschossen, gar lustig anzuschauen, aber die Früchte sind sauer. Er trägt eine Menge Blätter, und giebt doch keinen Schatten.

Mad. Dup. Es ist noch Frühling, da lagert man sich gern im Sonnenschein.

Duport Mit den Regierungsformen geht es, wie mit den drey Falten im Rockschooße eines Mannskleides. Wie oft und manichfaltig hat nicht schon die liebe Mode an den Mannskleidern geschnirkelt, und gestickelt, und beschnitten, aber an die drey Falten hat sie sich nie gewagt. Mein Ururgroßvater trug die Knöpflöcher bis herunter; mein Urgroßvater trug gewaltige Aufschläge; mein Großvater eine lange geblümte Weste; mein Vater einen Rock mit graden Taschen, ich einen Rock mit Queertaschen; aber die drey Falten sind immer unangetastet geblieben; die drey Falten sind gehörig vom Vater auf den Sohn vererbt worden, auch unsere Enkel und Urenkel werden sie noch tragen, und wenn übrigens der Rock warm und bequem ist, warum soll man denn die drey Falten ganz wegschneiden?

Mad. Dup. Wenn nun aber in diese Falten sich eine Menge Staub gesetzt hat?

Duport. Je nun, so bürstet man sie aus, dazu braucht man keine Scheere.

Mad. Dup. Immer und ewig Witz, aber nie ein bißgen Vernunft.

Duport. Weil man Thorheiten nur mit Witz angreifen muß.

Mad. Dup. Genug mein Herr! ich habe Grundsätze.

Duport.

Duport. Leider das höre ich.

Mad Dup. Leider? Sie sollten sich freuen, eine denkende Gattin zu besitzen.

Duport. O nein! Als die Natur Männer und Weiber schuf, da warf sie zwey Loose in den Glückstopf; wir zogen die Vernunft, und ihr das Gefühl. Euer Gefühl ist meistens richtig, aber eure Vernunft ist ein geborgtes Capital, von welchem ihr alle Augenblicke die Interessen entrichten wollt, und doch nie mit Münze versehen seyd, die in Lande gilt.

Mad. Dup. Weil eure Launen die Münzen prägen.

Duport. Darum hab ich von jeher gefunden: ein gutes Weib, das nur deshalb gut ist, weil es fühlt, es müsse so seyn, ist immer liebenswürdiger, als ein Weib, das nach Grundsätzen gut zu seyn strebt.

Mad. Dup. Auch die Liebe zur Freyheit ist nicht Grundsatz, sondern Gefühl.

Duport. Wirklich? und was fühlen Sie denn dabey, daß unser Garten in der Vorstadt St. Antoine verwüstet worden? daß unsere schönen Vasen und Statuen verstümmelt im Grase herumliegen?

Mad. Dup. Kleinigkeiten!

Duport. Was fühlen Sie denn dabey, daß die Bauern auf unsern Gütern den Herren spielen, und die Einkünfte ganz ausbleiben?

Mad. Dup. Kleinigkeiten!

Duport. Nicht Kleinigkeiten Madam! Von der Freyheit wird man nicht satt.

Mad. Dup. Aber die Freyheit würzt eine Schüssel voll Kartoffeln.

Duport. Mit Pfeffer, ja, daß es einen im Halse brennt, wie höllisches Feuer. — Was fühlen Sie denn dabey, daß Ihr Lieblingsplan, eine Reise in die Schweiz zu Wasser wird?

Mad. Dup. Warum das?

Duport. Sie werden doch nicht reisen wollen, da nicht einmal die Tanten des Königs reisen dürfen?

Mad. Dup. Possen!

Duport. Und das Reisen kostet Geld, und die Freheit kostet viel Geld.

Mad. Dup. Ich denke, wir haben Geld genug.

Duport. Papier genug wollen Sie sagen; das bedeutet nur Geld, so wie das Wort Freyheit, die Sache bedeutet. Ich gestehe Ihnen sogar, daß ich wegen der Mitgabe unserer Tochter verlegen bin.

Mad. Dup. Die Mitgabe? es ist Zeit daran zu denken, wenn unsere Tochter einmal heirathen wird.

Dup. Sie wird heirathen, in wenig Tagen.

Mad. Dup. Doch wohl nicht —

Duport. Warum nicht? den Marquis von Rozieres.

Mad.

Jacobiner-Clubb.

Mad. Dup. Den erklärten Aristokraten, nimmermehr!

Duport. Mein Schatz Sie werden sich lächerlich machen.

Mad. Dup. Lieber lächerlich als verächtlich.

Duport. Der Marquis ist ein Mann von guter Geburt.

Mad. Dup. Die Menschen sind sich alle gleich.

Duport. Von unbescholtenem Charakter, großem Vermögen —.

Mad. Dup. Und knechtischer Denkungsart.

Duport. Er liebt Julien, und Julie liebt ihn.

Mad. Dup. Julie ist ein Kind.

Duport. Sie werden sich besinnen.

Mad. Dup. Wenn ich meine Sinne behalte, nimmermehr!

Duport. So ist es denn um meine häusliche Ruhe geschehen! Ihre Grillen quälen mich mehr, als eine Lettre de Cachet zu thun im Stande wäre.

Mad. Dup. (ruft) La Brie!

Vierter Auftritt.
La Brie. Die Vorigen.

La Brie. Madam!

Mad. Dup. Wenn der Herr von Rozieres sich an unserer Thür zeigt, so bin ich nie für ihn zu Hause.

La Brie. Ganz wohl.

Duport

Duport. Wenn der Marquis von Rozieres sich meldet, so führe ihn zu jeder Zeit und Stunde herein.

La Brie. Ganz wohl.

Mad. Dup. Weis' ihn ab.

La Brie. Ab!

Duport. Nimm ihn an.

La Brie. An!

Mad. Dup. Schlag ihm die Thür vor der Nase zu.

La Brie. Zu!

Duport. Mach ihm alle Thüren im ganzen Hause auf.

La Brie. Auf!

Mad. Dup. Doch wohl nicht gar die Schlafkammerthür Ihrer Tochter?

Duport. Warum nicht? wenn er an der Hand des Vaters hinein geht.

Mad Dup. Und der Haß der Mutter ihm folgt?

Duport. Der endlich schmelzen wird am Strahl der Vernunft.

Mad. Dup. Kurz und gut. —

Duport. Wollte der Himmel! bisher sprachen Sie kurz und schlecht.

Mad Dup. Du hast es gehört La Brie? der Marquis soll fort.

La Brie Fort!

Duport. Ich befehle dir, la Brie, laß den Marquis herein,

La

La Brie. Herein! Gott sey Dank! daß ich ein freyer Franzose bin.

Duport. Wie so?

La Brie. Weil ich sonst nicht wissen würde, welchen von beyden Befehlen ich erfüllen sollte.

Mad. Dup. Welchen wirst du denn jetzt erfüllen?

La Brie. Keinen von beyden. (er geht ab.)

Fünfter Auftritt.
Duport. Madam. Duport.

Duport. Wieder eine süße Frucht der Freyheit Geh ich auf der Straße, so geht der Kerl nicht mehr **hinter** mir, sondern **neben** mir. Sitze ich im Wagen, und es fängt an zu regnen, so ist er impertinent genug, mich um die Erlaubniß zu bitten, hinein steigen zu dürfen. Bald wird er sich neben mich auf den Sofa und an die Tafel setzen, dann kann ich mir meinen Teller selbst holen.

Mad. Dup. Die Menschen sind sich alle gleich.

Dup. Es ist nicht wahr! So lange es noch Verstand und Dummheit, Güte und Bosheit, Stärke und Schwäche in der Welt giebt, so lange werden die Menschen sich nie gleich seyn.

Mad. Dup. Ich will lieber stolzes Bewußtseyn in meinen Diensten haben, als kriechende Dummheit.

Duport. Und ich will lieber, lieber als Missionair die Wilden an der Hudsonsbay zum christlichen Glauben bekehren, als ein Frauenzimmer von einer vorgefaßten Meynung zurückbringen.

Mad. Dup. Ihr werft uns ja sonst immer Wankelmuth vor?

Duport. Ihr seyd auch nur dann hartnäckig, wenn ihr eine Sache nicht versteht. Doch da kommt Julie.

Sechster Auftritt.

Julie. Antoinette. Vorige

Duport. Eben recht meine Tochter! unser Zwist betraf dich; du magst entscheiden.

Julie. Zwist, lieber Vater, hoffte ich nie zu veranlassen. Ein Kind ist ja sonst immer ein Band der Liebe zwischen seinen Eltern.

Duport. Auch gutes Kind! die Bänder der Liebe sind heut zu Tage gewaltig mürbe geworden. Die Menschen spielen mit Worten. Das Schild das sie aushängen ist gar bunt und schön bemahlt: "Hier ist zu finden Vaterlands„liebe, Ehrliebe, Gerechtigkeitslie=
„be! u. s. w." Man freut sich, man klopft an, man geht hinein, und findet — Eigenliebe.

Mad. Dup. Der Herr Gemahl haben heute eine sehr beissende Laune.

Duport. Ganz natürlich. Alles beißt jetzt, oder wird gebissen. Kein Wunder, daß ich lieber unter

unter den Beissenden, als unter den Gebissenen seyn will.

Mad. Dup. Komm Julie, er beißt, wir wollen ihm aus dem Wege gehen.

Duport. Nicht doch Madam, nur Sanftmuth, wenn ich bitten darf. Weibliche Sanftmuth schlägt männliche Rauhheit augenblicklich in Fesseln.

Julie. Sie hören ja, liebe Mutter, daß der Vater nur scherzt.

Mad. Dup. Sein Scherz ist bitter —

Duport. Wie französische Freyheit.

Mad. Dup. Da hörst du —

Dup. Die Wahrheit. Und wohl dir, wenn du sie nur hörst, ich fühle sie.

Mad. Dup. Ich kenne den Mann nicht mehr.

Duport. Ich kenne die ganze Nation nicht mehr.

Mad. Dup. Vormals sanft und gefällig —

Dup. Vormals munter, tapfer, großmüthig —

Mad Dup. Jetzt rauh und unbiegsam.

Duport. Jetzt wild und zügellos.

Mad. Dup. Da hat er sich Grillen in den Kopf gesetzt, dich meine Tochter betreffend —

Duport. Halt! Mit der Nationalversammlung habe ich nichts zu thun; aber in der Familienversammlung bin ich Präsident. Also Julie, tritt vor die Schranken. — Das ungezogene Geschrey, welches du täglich auf den Straßen hörst, die armen Schlachtopfer, welche du an den Laternenpfählen hängen siehst, werden dich schon

längst

längst belehrt haben, daß wir, Gott sey Dank! frey sind. Es frägt sich nun, ob bey dieser allgemeinen Freyheit auch dein Herz frey geworden ist? oder welche Regierungsform es wählt, die aristokratische deiner Eltern und Verwandten? oder die demokratische aller deiner Anbeter? oder die monarchische eines Ehegatten?

Mad. Dup. Die leztere möchte man wohl die despotische nennen.

Duport. Nicht doch, das wagt keiner, aus Furcht, alle Gattinnen möchten zu Fischweibern werden.

Mad. Dup. Nun Julie erkläre dich.

Julie. Ich erkläre mich für eine Monarchie, in welcher der Monarch durch das Band der Liebe mit seinen Unterthanen verbunden ist.

Duport. Brav Mädchen!

Mad. Dup. Ich lasse es gelten, meine Tochter, wenn die Frau dem Manne das ist, was die Nationalversammlung dem Monarchen.

Duport. Nein Julie, der Mann muß nicht unter dem Pantoffel stehn. Aber die Wahl eines Monarchen steht dir frey, denn das ist vernünftige Freyheit. Hast du schon auf eine solche Wahl gedacht?

Julie. Wenn ich reden darf —

Mad. Dup. Rede mein Kind! man darf jetzt Alles reden.

Duport. Und Alles thun.

Julie.

Julie. Der Marquis von Rozieres —

Mad. Dup. Was? den Aristokraten?

Julie. Die Rede ist ja hier nur vom Throne meines Herzens.

Duport. Du hast deines Vaters Wahlstimme.

Mad Dup. Deine Mutter protestirt feyerlich.

Duport. Julie ist ja kein geistliches Gut, das wir verkaufen wollen.

Mad. Dup. Ich glaube beynahe Mammsell Antoinnette, diese schönen Grundsätze hat meine Tochter ihr zu verdanken?

Ant. O nein, Madam; ein Herz wird noch schneller erobert als die Bastille.

Mad. Dup. Schon gut, wir werden dem vorzubeugen wissen. Meine Tochter hat natürlichen Mutterwitz. Merkt es wohl: **Mutterwitz** spricht man, weil die Kinder ihn von der Mutter erben. Ich habe einen weiblichen Jacobiner-Clubb errichtet, unser Speisesaal ist auf das geschmackvollste dazu verziert worden, heute ist die erste Versammlung. Auch du Julie, sollst unter die ehrwürdigen Mitglieder dieses Clubbs aufgenommen werden; da wollen wir dir bald andere Grundsätze einflößen.

Ant. Die Milch der Freyheit.

Duport. Die zu Kopfe steigt wie Brantewein.

Ant. Den Kinderbrey der Gleichheit aller Stände. —

Duport. Der uns zu ungezogenen Kindern macht.

Mad. Dup. Spottet nur! hoch am Horizont steigt die Freyheit empor —

Duport. Wie eine Rackete.

Mad. Dup. Und leuchtet —

Duport. Und platzt.

Mad. Dup. Und schimmert —

Duport. Und die Racketenstöcke fallen den Zuschauern auf die Köpfe.

Mad. Dup. Genug Julie, du weißt meinen Willen.

Duport. Willen Madam? ich denke sie hat den ihrigen. Sie ist Bürgerin des Staats, und frey so gut als jede andere.

Mad. Dup. Die Gewalt der Eltern besteht noch in voller Kraft.

Duport. O über die intoleranten Freyheitsprediger!

Siebenter Auftritt.

Marquis von Rozieres. Vorige.

Marquis. (sich schüchternd umsehend) Bin ich endlich in Sicherheit? Wahrhaftig, bald werden wir alle nach Turin und Venedig in die Schweitz und nach Worms flüchten müssen. (wechselseitige Verbeugungen.)

Duport. Ich fürchte, Sie kommen hier aus dem Regen in die Traufe.

Marq.

Marq. (Zu Julien) Ich verstecke mich unter die Flügel der Liebe.

Julie. Wo kommen Sie her Marquis?

Marq. Ich war in der Nationalversammlung, ich wollte hören wie die Herren fluchen um die Geistlichen zum Schwören zu bringen, und wie sie sich, für das Wohl des Vaterlandes die Schwindsucht an den Hals schreyen. Da haben Sie denn auch so geschrieen, und so geschrieen, links und rechts, der Kreuz und Queer, daß mir endlich für mein Gehör bang wurde. Ich schlich mich fort, und lustwandelte ein wenig in den Tuilerien; aber bald wurde ich gewahr, daß hier und dort Leute sich truppweise versammelten, daß hier und dort, aus dem Busen ein Dolch, aus der Rocktasche eine Pistole hervor ragte. Das gefiel mir nicht. Ich fuhr ins Nationaltheater, man gab Brutus. Die ganze Welt klatschte bey Stellen, die mir nicht behagten; ich glaubte also wohl auch einmal klatschen zu dürfen, bey Stellen die nur mir allein gefielen, denn ich bin ja ein freyer Franzose so gut als die übrigen, und hatte mein Geld bezahlt so gut als jene. Weit gefehlt! der Pöbel schimpfte, die Nationalgarde lächelte, man warf mir faules Obst in die Loge und ich gieng meiner Wege.

Kaum war ich 500 Schritte weit gefahren, als mein Kutscher still halten mußte. Ich sehe heraus, was war es? eine Deputation von Fischweibern, die zum Könige geht, um seinen Hofstaat glänzender zu machen.

Mad Dup. Ich muß bitten, Herr Marquis, in meiner Gegenwart mit mehr Ehrerbietung von einer Classe von Leuten zu sprechen, welche —

Duport. Welche Fische verkauft.

Marq. Und von jeher durch rothe dicke Fäuste ihre Ansprüche auf Ehrerbietung geltend zu machen wußte. O ich empfinde auch so viele Ehrerbietung für diese schöne und sanfte Hälfte des Menschengeschlechts, daß ich ihnen selten auf 1000 Schritte zu nahe komme.

Mad. Dup. Der freye Franzose darf Niemand scheuen.

Marq. O nein; eine kleine Anzahl von zwanzig Milionen Mitbürgern ausgenommen, darf man sich hier vor Niemand fürchten.

Mad. Dup. Die Bastille ist verschwunden —

Marq. O ja, nur die Laternenpfähle existiren noch.

Mad. Dup. Das Volk wird endlich auch für etwas gerechnet —

Marq. Besonders seit es selbst Rechenmeister geworden ist.

Mad. Dup. Die stolzen ererbten Titel und Wappen der Großen sind zu Grabe gegangen.

Marq. Freylich, nur die T u g e n d e n ihrer Vorfahren leben noch.

Mad.

Mad. Dup. Adelich seye giebt keine Ansprüche mehr.

Marq. Edel seyn auch nicht.

Mad. Dup. Wir haben zwar noch einen König.

Marq. Wie der Kloz in der Fabel.

Duport. Und zwölfhundert Störche.

Marq. Doch quäckt das Volk noch immer lustig darauf los.

Mad. Dup. Gesang der Freyheit!

Marq Die Frösche von Jupiters Thron.

Mad. Dup. Wir haben keine lettre de Cachet mehr zu fürchten.

Marq Die Delrete haben sie verschlungen.

Mad. Dup. Keine drückende Auflagen —

Marq. Auch unser Geld drückt uns eben nicht sehr —

Mad. Dup. O Herr Marquis, ich finde es sehr natürlich, daß Sie kein Freund der Revolution sind.

Marq. Wahrhaftig, das finde ich auch.

Mad. Dup. Sie haben viel dabey verlohren.

Marq. Wer hat das nicht?

Mad. Dup. Und Vaterlandsliebe ist ihnen kein Ersatz.

Marq. Verzeihen Sie Madam! wenn ich sähe, daß die Leute um mich her glücklicher geworden wären, so wollte ich gern dulden und schweigen, und denken ich' verstünde es nicht besser.

Da ich aber überal nur Elend und Jammer gewahr werde —

Mad. Dup. Laſſen Sie den Wein nur ausgähren.

Marq. O ja, die Erndten werden in Frankreich ſehr geſegnet ſeyn, wenn einmal niemand mehr da ſeyn wird, die Frucht in die Scheuren zu ſammeln. Wenigſtens werden wir und unſere Kinder das nicht erleben. Daher habe ich mir ein kleines Gut nahe bey Neuchatel gekauft; dort will ich an Juliens Seite meine Tage in Ruhe beſchlieſſen, und in ihren Armen das Elend meines Vaterlandes zu vergeſſen ſuchen.

Mad. Dup. Vergeſſen Sie was Sie wollen, nur nicht, daß die Einwilligung einer Mutter nöthig iſt, um Julien nach Neuchatel zu entführen. Sie geht ab.

Achter Auftritt.

Duport. Der Marquis. Julie. Antoinette.

Marq Was war das? hab' ich recht gehört?

Duport. Was hört man nicht heutzutage?

Antoinette. Und was erlebt man nicht?

Julie. Und was erduldet man nicht?

Marq. Und welche Hoffnung verliert man nicht?

Duport Muth Herr Marquis, Geduld Julchen. Wenn die Wogen am wildeſten brauſen, ſo pflegt der Schiffer eine Tonne voll Oel in die See

See zu gießen, um die Wuth der Wellen zu brechen. Sanftmuth der Weiber, und Beharrlichkeit der Männer ist das beste Oel in die Stürme des Schicksals. — Es wird anders werden, es wird besser werden. Ob im Staate? — daran muß ich fast verzweifeln! aber in meinem Hause? — mit Gottes Hülfe, ja. *(er geht fort)*

Neunter Auftritt.

Julie: Antoinette: Der Marquis:

Marq. Die verdammte Freyheit hat mir schon viel gekostet! Ich habe dazu gelacht Aber wenn sie mir auch meine Geliebte kosten sollte —

Ant. So wäre der Herr Marquis bestraft.

Marq. Wofür?

Ant. Daß er bis jetzt lachen konnte über die beweinenswürdige Sache von der Welt.

Julie. Aber i ch? wofür leide i ch denn Strafe? Ich weiß nichts weder von Demokratie noch noch von Aristokratie. Als ich die Dinger zum Erstenmale nennen hörte, glaubte ich, es wären neue Moden. Der König hat mir in seinem Leben nichts zu Leide gethan. Mein Herz hat mit seinem Throne gar nichts zu schaffen. Die königliche Gewalt und die Liebe eines Mädchens gleichen sich so wenig, als der Scepter und die Haarnadel.

Marq. Wäre Ihr Herr Vater nicht so brav, so würde ich Sie bitten mit mir zu entfliehen.

Julie. Das würde ich doch nicht thun Herr Marquis, wenn auch mein Vater eben so unbillig dächte als meine Mutter.

Marq. Sie lieben mich also nicht?

Julie. Muß man denn gerade davon laufen wenn man liebt? Ich bin Ihnen von Herzen gut, ich achte Sie hoch, das nemliche empfinden Sie hoffentlich auch für mich, und man sagt, das sey genug, um eine glückliche Ehe zu stiften.

Marq. Nun, und doch —?

Julie. Sie könnten mich aber unmöglich hochachten, wenn ich mit Ihnen davon liefe.

Marq. Wenn aber ihr Vater selbst darein willigte?

Julie. Auch den mütterlichen Segen kann ich nicht entbehren.

Marq. Wenn aber nur zum Schein —?

Julie. Zum Schein? ja, das laß' ich gelten. Aber wie?

Marq. Antoinette, können wir uns auf Dich verlassen?

Ant. Ich denke ja. Ich kann die gnädige Frau nicht leiden, weil sie allen Menschen die Freyheit mit Gewalt aufdringt; und sie kann mich nicht leiden, weil ich Antoinette heisse. Ich arbeitete vormals bey einer Putzmacherinn, wo ich recht gute Tage hatte, Seit der verdammten Revolution

tion hat sie sechs von ihren Mädchen, und unter andern auch mich, abschaffen müssen, weil sich Niemand mehr putzen will. Das hat mich zur erklärten Aristokratin gemacht.

Julie. Nun so steh uns bey.

Marq. Erinnere Dich, daß ehemals in allen unsern Lustspielen ein Kammermädchen die Intrigue führte.

Ant. In Lustspielen ja, aber unsere Freyheit ist ein Trauerspiel.

Marq. Desto mehr Verdienst, wenn Du wenigstens eine Comedie larmoyante daraus machst.

Ant. Die Kammermädchen in unsern Lustspielen haben gut Knoten knüpfen und auflösen, sie erhalten immer von den großmüthigen Liebhabern volle Beutel zum Geschenke.

Marq. Ich verstehe. Da, nimm. *(Er giebt ihr Papier)*

Ant. Was soll ich damit?

Marq. Ein voller Beutel ist es nun wohl! eben nicht, aber ein vollgeschriebenes Blatt Papier. Es sind Assignaten, welche die Geistlichkeit wieder einlößt. Ich versichere Dich mein Kind, die Zeiten sind jetzt so schlecht, daß ein ehrlicher Liebhaber das Kammermädchen seiner Geliebten nicht einmal mit baarem Gelde bestechen kann.

Ant. Je nun, wenn ich auch einige Procente daran verliere, so habe ich dagegen den Spaß umsonst.

Julie.

Julie. Welchen Spaß?

Ant. Es schwebt mir da so etwas lustiges vor der Phantasie. Die gnädige Frau hat einen weiblichen Jacobiner-Clubb hier im Hause errichtet. Heute ist die erste Versammlung. Der Speisesaal ist mit überspannter Einbildungskraft in der Geschwindigkeit zu diesem Behuf verziert worden. Ein Gemählde der zerstörten Bastille, ein Schattenriß Mirabeau's, eine treue Darstellung des triumphirenden Einzugs der Fischweiber, ein Medaillon von la Fayette, und dergleichen mehr, hängt an den Wänden rings umher. Das Auffallendste aber sind zwey Figuren in Lebensgröße, die der berühmte Wachsboussirer Curtius verfertigt hat, und welche den Eingang der Thür bewachen. Die Eine ist ein Mann in der Nationaluniform, mit dem bloßen Schwerdte in der Faust; die andere stellt einen Aristokraten vor, und ist in Fesseln geschmiedet. Nun dächte ich, Herr Marquis, wenn Sie während der Versammlung, die bald ihren Anfang nehmen wird, sich gefallen ließen, eine von diesen beyden Figuren vorzustellen; so würden Sie den Vortheil haben, die Gesinnungen aller der Damen kennen zu lernen, mit welchen ihre widerspänstige Frau Schwiegermutter umgeht, und im Stande seyn, zu berechnen, wie weit man allenfalls die Thorheit treiben wird.

Marq. Wie verstehst Du das?

Ant.

Ant Ey nun, wir bringen den Herren Demokraten auf die Seite, ziehen ihm seine Nationaluniform aus, kleiden Sie darein, binden Ihnen eine Larve vor, und stellen Sie mit dem bloßen Scherdt in der Faust an die Thür.

Marq Bist du toll?

Ant. Ganz und gar nicht. Hat sich doch Jupiter einmal einem Mädchen zu gefallen, in einen Ochsen verwandelt, warum denn nicht ein Marquis in einem Demokraten?

Marq. Wohlan, ich bin es zufrieden.

Julie. Ich zittere.

Ant. Nicht doch, es hat keine Gefahr. Aber vor allen Dingen müssen wir den schurkischen la Brie auf unsere Seite bringen. Der Kerl ist ein eifriger Demokrat, und ihm hat Madam die Schlüssel zum Saale anvertraut. — Gehn Sie mit dem Fräulein hier in das Kabinet; ich rufe Sie, sobald ich die Schlüssel erobert habe.

Julie. Mit dem Marquis allein in das Kabinet?

Ant Ja wohl! was wird Papa dazu sagen?

Julie. Was werde ich selbst dazu sagen?

Ant. Es ist ja noch heller lichter Tag. Man sieht es wohl, daß sie nie bey einer Putzmacherin gedient haben.

Marq. Sie sagten vorhin, Sie empfänden Hochachtung für mich? ist diese Furcht wohl ein Beweis derselben?

Ant.

Ant. Fort! fort! wir haben keinen Augenblick zu verlieren.

Julie. Ich gehe, aber die Thür bleibt offen.

Ant. Ey freylich. (Marquis führt Julien in das Kabinet.)

Zehnter Auftritt.

Antoinette. Gleich darauf **la Brie.**

Ant. Nun frisch! mit dem la Brie will ich wohl fertig werden. (sie schellt)

La Brie. (Tritt herein) Wer hat geklingelt?

Ant. Ich.

La Brie. Du?

Ant. Ja ich! ich!

La Brie. Bildest du Dir etwa ein, ich sey in Deinem Diensten?

Ant Wenn auch nicht in meinen Diensten, doch zu meinen Diensten.

La Brie. Kurios! hat die gnädige Frau Dir befohlen zu klingeln?

Ant. Narr! sind wir denn einander nicht alle gleich? bin ich nicht eben so gut als die gnädige Frau?

La Brie. Das war einmal vernünftig gesprochen.

Ant. Eure Vernunft ist ansteckend.

La Brie. Aber was willst du von mir? ich habe zu thun.

Jacobiner-Clubb.

Ant. So? was hast Du denn für wichtige Geschäfte?

La Br. Ich muß den Saal noch aufräumen. Der neue Jacobiner-Clubb wird sich sogleich versammeln.

Ant. Ist der Saal offen?

La Br. Offen? ja solche Heiligthümer läßt man auch offen.

Ant. Besonders in unsern Tagen, wo nichts zu heilig nicht.

La Br. (klappert in der Tasche.) Hier sind die Schlüßel.

Ant. Lieber La Brie, gieb mir die Schlüßel.

La Br. Dir? was willst Du damit?

Ant. Ich will mich ein wenig im Saale umsehen.

La Br. Damit ich mich hernach, wenn es die gnädige Frau erführe, auf der Straße nach einem andern Dienste umsehen könnte? nein, daraus wird nichts.

Ant. Guter süßer La Brie!

La Br. Zuckersüße Antoinette!

Ant. Ich bitte Dich!

La Br. Ich schlage Dirs ab.

Ant. Ich gebe Dir einen Kuß.

La Br. Und ich Dir zwey, wenn du mich zufrieden lässest.

Ant. Und diese Schachtel voll Bonbons.

La Br.

La Br. Heute Bonbons und Morgen keinen Bissen Brod. Ich danke schön.

Ant. Und diese Dose mit dem Portrait des de la Fayette.

La Br. Diese Dose? und dies Portrait? — nein, ich bin ein freyer Franzose, und lasse mich nicht bestechen.

Ant. Aber bedenke nur, ich bin ja auch eine freye Französin, und muß also gehen können, wohin es mir beliebt.

La Br. Da hast du freylich Recht, wenn Du nicht etwa des Königs Tante bist.

Ant. Also muß es mir auch erlaubt seyn in den Speisesaal zu gehen.

La Br. Das klingt freylich wahrscheinlich genug — aber nein! wird doch sogar mit den Einlaßbillets in die Nationalversammlung gewuchert.

Ant. Ich verlange es ja auch nicht umsonst. Sieh, hier sind Assignate.

La Br. Assignate?

Ant. Ganz neue, von 50 Livers,

La Br. Von 50 Livres?

Ant. Ich schenke dir Eine.

La Br. Du? wie kömmst Du zu Assignaten? hast du etwas dagegen assignirt?

Ant. Das kann Dir gleichviel gelten. Nimm!

La Br. Nehme ich? oder nehme ich nicht? — gebe ich die Schlüssel? oder gebe ich sie nicht? — Gieb! da hast Du die Schlüssel. Ich will mich un-

unterdessen besinnen, ob ich sie hätte geben sollen oder nicht? *(er geht fort.)*

Eilfter Auftritt.

Antoinette. Julie. Der Marquis.

Ant. *(In das Kabinet ruffend.)* Geschwind! geschwind Herr Marquis! Sie, Fräulein Julchen, gehen indessen auf Ihr Zimmer.

Jul. Nein, zu meinem Vater will ich gehen. Er muß wissen, was wir vorhaben.

Ant. Auch das, wenn Sie wollen. Er wird uns vielleicht gar behülflich seyn. Fort! fort! *(sie zieht den Marquis mit sich zur Thür hinaus.)*

Zwölfter Auftritt.

Julie allein.

Ein guter Vater und ein guter König sind einander so ähnlich. Ein Kind, das aus dem väterlichen Hause entläuft, und ein Unterthan, der sich gegen seinen König auflehnt — ach! es kann beyden nimmermehr wohl gehen. *(Sie geht auf einer andern Seite ab.)*

Dreizehnter Auftritt.

(Die Bühne verwandelt sich in den Saal, welcher zu den Versammlungen des weiblichen Jacobiner-Clubbs bestimmt ist. Die Wände sind so verziert, wie man schon aus Antoinettens Erzählung weiß. Im Hintergrunde eine Flügelthür; zu beyden Seiten die beyden Wachsfiguren, rechts der Demokrat stehend, in der Nationaluniform, mit bloßem Schwerdt. Links der Aristokrat, sitzend, in Fesseln, in eine Art von Schlafrock gehüllt.)

Antoinette und der Marquis schleichen herein.

Ant. (mit einer Larve in der Hand) Da wären wir glücklich hereingedrungen. Ich merke, es giebt noch mehr Leute, die Wind von der Sache bekommen haben. Eben sah ich fünf bis sechs Herren hinauf zu unserm alten Herrn steigen, und wenn ich nicht irre, so waren es die Anbeter der Damen, welche sich heute hier versammeln werden. Vermuthlich wollen sie mit unserm alten Herrn eine Contre-Revolution verabreden.

Marq. Ha! ha! ha! die Kinderey würde mir Spaß machen, wenn er durch Juliens Verlust nicht zu theuer erkauft würde.

Ant. Er soll Ihnen Juliens Besitz verschaffen. — Nun frisch Herr Marquis! die Nationaluniform angezogen.

Marq. Siehst Du denn nicht, daß ich weit größer bin als der Kerl von Wachs? Und dann, wie könnte ich Stundenlang so steif stehen, mit aufgehabenem Säbel? man würde den Betrug sogleich merken. Nein lieber will ich da den Aristokraten vorstellen, der sitzt bequemer, und hat den Kopf ein wenig gebückt. Ueberdies hat man ihm einen Schlafrock angezogen, vermuthlich um anzudeuten, daß die königliche Gewalt sich schlaffen gelegt hat. In dem Schlafrock kann ich mich eher verbergen. Meynst Du nicht auch?

Ant. Wie Sie wollen. Nur nicht lange gezaudert. (Sie entkleiden die Wachspupe, und schleppen sie bey Seite. Der Marquis zieht den Schlafrock an.) Allerliebst! nun noch die Larve. (Sie bindet ihm die Larve vor.) und dann die Ketten.

Marq. Auch Ketten.

Ant. (indem sie ihm die Fesseln anlegt.) Die Sie bald gegen Rosenfesseln vertauschen werden. — Jetzt sind Sie fertig. Aber nur fein den Athem an sich gehalten, wenn die Damen Sie begaffen, und kein Glied gerührt.

Marq. Fürchte nichts, ich werde mich schon zwingen, denn ich habe nicht Lust mir die Augen auskratzen zu lassen.

Ant. (ihn nocheinmal betrachtend) Ha! ha! ha! — Leben Sie wohl Herr Marquis! lassen Sie sich die Zeit nicht lang werden. (Sie geht fort, und verschließt die Thiere.)

Vierzehnter Auftritt.

Der Marquis allein.

Beynahe kömmt mir unsere ganze Revolution vor wie ein Faſtnachtsſpiel. Die **Freyheit** hat eine große Faſtnachtsbude aufgeſchlagen; ein jeder kauft von ihren Larven, und verbirgt seine **Leidenschaften** dahinter. Die **geſunde Vernunft** allein geht ohne Larve herum, und wird ausgepfiffen. Der **Eigennutz** spielt auf zum Tanze, die **Leidenſchaften** walzen athemlos, und werfen Alles um, was ihnen im Wege ſteht. Die **Vaterlandsliebe** ſitzt berauſcht an der Farobank und ſpielt mit falſchen Karten. Die **Gerechtigkeit** liegt hinter der Thür und ſchnarcht. Die **guten Sitten** haben Schellenkappen aufgeſetzt, und die **Anarchie**, als Göttin Freyheit verlarvt, trägt die öffentliche Glückſeligkeit zu Grabe. — Stille! ich höre kommen.

Fünfzehnter Auftritt.

La Brie. Der Marquis.

La Br. Ich traue der Antoinette nicht. Sie iſt eine Ariſtofratinn, und hat mir gewiß einen

Poſ=

Poſſen ſpielen wollen. Ich muß nur ſehen, ob ſie hier irgend etwas in Unordnung gebracht hat? (er ſieht ſich überall um) Nein, es iſt noch alles wie es war, in der ſchönſten Ordnung, bereit zum Empfang der ehrwürdigen Mitglieder des neuen Jacobiner Clubbs. Nur Stühle fehlen noch. (Er ſezt ſieben Stühle in einen halben Cirkel) Ich habe einmal geleſen, eine Heerde Gänſe habe durch ihr Geſchnatter das Kapitolium zu Rom gerettet. Möchte es doch den Damen eben ſo gelingen, das bedrängte Vaterland zu retten. — So, da habe ich einen halben Kreis geſezt, gerade wie unſere Schauſpieler, wenn ſie den Brutus auf- führen, und der römiſche Senat ſich verſam- melt. Nun will ich gehn, die Gäſte zu erwar- ten. — Ha! ha! ha! wie patzig und trotzig der ausgeſtopfte Kerl da an der Thür ſteht, wie man den Engel im Paradieſe mahlt. — Ein En- gel in der Nationaluniform? warum nicht? im Paradieſe kann es nicht bunter hergehn, als in Frankreich. Dort ſind die Menſchen einander auch alle gleich; woraus ich natürlich den Schluß ziehe; daß Frankreich jezt ein irrdiſches Paradies iſt. Freylich nicht für Jedermann. Zum Exem- pel der Herr Ariſtokrat, der da gefeſſelt ſitzt, den Kopf in den Arm ſtützt und Kalender macht, ja der iſt freylich übel daran. (Er tritt gerade vor den Marquis) So ein Narr! ſo ein Geck! ſo ein Prahl- hans! überall gehaßt, überall verfolgt, überall bey der Nase herumgezogen —— (Er faßt den Marquis bey der Nase, welcher ihm eine derbe Ohrfeige giebt, daß er zitternd zu Boden stürzt) Hülfe! Hülfe!

Marq. (springt auf) Halt das Maul, oder ich renne Dir den Degen durch den Leib.

La Br. Sonst nichts?

Marq. Bist Du aber ruhig, und schweigst, und stellst Dich, als habest Du nichts gesehn, so ist dieser Beutel Dein.

La Br. Also jezt habe ich zu wählen: auf dieser Seite den Degen durch den Leib, und auf dieser Seite ein voller Beutel. Weg mit dem Degen! her mit dem Beutel!

Marq. Da. Hintergehst Du mich, so bist Du des Todes.

La Br. Also habe ich jetzt wieder zu wählen: hintergehe ich den Herrn Marquis, so bin ich des Todes; hintergehe ich die gnädige Frau, so werde ich aus dem Hause gejagt.

Marq. Dann nehme ich Dich in meine Dienste.

La Br. In Ihre Dienste? Das Handgeld war eine Ohrfeige.

Marq. Weil Du ein Flegel warst.

La Br. Mein Gott! am Ende darf man nicht einmal mehr mit ausgestopften Pupen ein Wort im Vertrauen reden.

Marq. Stille! man kömmt. (Er setzt sich in Positur.)

Sech-

Sechzehnter Auftritt.

Mad. Duport nebst noch sechs andern Damen, tritt herein.

Mad. Dup. Nur hier herein meine Damen. Entferne Dich La Brie. (La Brie geht fort) Sie werden finden, daß ich für die kurze Zeit Alles geleistet habe, was möglich war.

Alle sechs. Allerliebst! allerliebst!

Mad. Dup. Unser Freund Curtius hat den Stempel der Freyheit auf das Gesichte dieses Nationalgarden geprägt.

Erste Dame. Er ist zum Küssen.

Mad. Dup. Und das gebückte scheue Wesen dieses Aristokraten, bezeichnet die kriechende Sklaverey.

Zweyte Dame. Unverkennbar!

Mad. Dup. Die Fesseln deuten den Sieg der Freyheit an.

Erste Dame. Recht symbolisch!

Die Zweyte. Recht emblematisch!

Die Dritte. Recht pittoresk!

Die Vierte. Recht ortographisch!

Mad. Dup. Ich habe ihn mit Gelenken verfertigen lassen, um allerley Spaß mit ihm zu haben.

Alle. Vortrefflich!

Mad. Dup. So dächte ich zum Beyspiel, wir ließen, so oft wir diesen Saal betreten, ihn durch das Nicken seines Kopfes die Gesellschaft bewillkommen, und seine Unterthänigkeit an den Tag legen.

Alle. Ganz recht.

Mad. Dup Lassen Sie uns nach der Reihe den Versuch machen.

(Eine nach der Andern läßt, indem sie an dem Marquis vorüber geht, ihn ein paarmal mit dem Kopfe nicken.)

Erste Dame. O das ist lustig!

Die Zweyte. Bezaubernd!

Die Dritte. Zum Todtlachen!

Mad. Dup. Das Erste was wir jetzt zu thun haben, ist, uns gleich den Freymaurern, ein Zeichen und eine Losung zu wählen. Ich habe darüber nachgedacht, und nehme mir die Freyheit Ihnen beydes vorzuschlagen. Das Zeichen muß leicht und unmerklich seyn. Wenn wir zum Beyspiel eine Bewegung mit der Hand machten; als ob wir einem Huhne den Kopf umdrehen, so würde das zugleich unsere wohlthätigen Absichten gegen die Aristokraten andeuten.

Erste Dame. Gut ausgedacht.

(Sie machten sämmtlich einigemal das vorgeschlagene Zeichen)

Mad. Dup. Das wäre also richtig. Und die Losung: Lucretia!

Alle. Lukretia! unvergleich!

Mad. Dup. Lucretia war freylich eigentlich eine Närrin, aber das thut nichts zur Sache.

Aus ihrem durchbohrten Busen ließ Brutus einst die Freyheit hervorwachsen. Und dann bedeutet diese Losung auch, daß wir gegen alle Aristokraten so keusch seyn wollen als Lucretia.

Alle. Schön! schön!

Mad. Dup. (feyerlich) Jetzt treten Sie näher meine Damen! legen Sie Ihre Hände auf diesen Fächer, und schwören Sie den Bundeseid.

(Alle legen die Hand auf den Fächer)

Mad. Dup. Wir geloben und schwören, jeden Aristokraten, den wir in unsern Netzen fangen, bey der Nase herum zu führen nach Herzenslust; ihm nie eine Gunstbezeugung zu verwilligen; uns nie in einen solchen Menschen zu verlieben; und am wenigstens jemal einen Aristokraten zu heyrathen.

Alle. Wir schwören!

Mad. Dup. Diejenigen unter uns aber, welche bereits so unglücklich sind, an solche Unholde gefesselt zu seyn, sollen ihre Männer plagen, quälen, martern, schinden, zwicken, necken, ärgern, höhnen und verspotten, bis sie zu Kreuze kriechen.

Alle Wir schwören!

Mad. Dup. Wohlan, es ist vollbracht. Ich werde nicht ermangeln, Ihnen mit gutem Beyspiele vorzugehn. Nun habe ich nur noch einen Wunsch, nemlich den, meine ungerathene Tochter zu bekehren. Ein Aristokrat bewirbt sich um ihre Hand. Sie, statt in seiner Person den leibhaftigen Satan zu erblicken, untersteht sich ihn liebenswürdig zu finden. Ich werde sie kommen lassen. Vielleicht vermag Ihr vereinigtes Zureden mehr über die Widerspenstige, als die treuen Lehren einer Mutter. (Sie klingelt. Antoinette erscheint) Julie soll hereinkommen. (Antoinette ab) Nehmen Sie Platz meine Damen, und denken Sie mit mir auf Mittel, das vielköpfige Ungeheuer Aristokratie ganz auszurotten, auf daß einst die Jahrbücher der Freyheit unsere Namen nennen, wie die Geschichte jene berühmten Amazonen.

Erste Dame. Die Amazonenkleider sind nicht mehr Mode.

Die Zweyte. Man trägt jetzt Ueberröcke.

Die Dritte. Mit Stahlknöpfen *)

Die Vierte. Die Hüte mit breiten Blonden garnirt.

Die Fünfte. Die Flortücher noch immer unter dem Kinn zugeheftet.

Die Sechste. Um der Einbildungskraft Spielraum zu geben.

Die Erste. Ist gut ausgedacht für manchen breternen Busen.

Die Zweyte. Ich habe mir einen neuen gestreiften Atlas gekauft.

Die

---

*) Da die Mode alle vier Wochen wechselt, so müssen die Schauspielerinnen von Zeit zu Zeit den obgenannten Moden andere substituiren.

Die Dritte. Von welcher Farbe?

Die Zweyte. Coquelicot mit schwarzen Streifen.

Die Vierte. Gerade wie die ehemalige Parlamentsräthin Duras.

Die Fünfte. Mein Gott, die Frau muß doch alle Moden mitmachen.

Die Sechste. Wo mag sie nur das Geld dazu hernehmen?

Die Erste. Man sagt, sie habe Anbeter.

Die Zweyte. Der kleine dicke Finanz-Pachter.

Die Dritte. Der muß auch wenig Geschmack haben.

Die Vierte. Sie hat rothes Haar.

Die Fünfte. Und Sommersprossen.

Alle. Sehr viel Sommersprossen.

Die Sechste. Was sagt denn der Mann dazu?

Die Erste. Er ist ein g u t e r Mann.

Alle. Ha! ha! ha!

Mad. Dup. Ihm geschieht Recht, er ist ein Aristokrat.

Siebenzehnter Auftritt.

Julie. Antoinette. Die Vorigen.

Mad. Dup. Komm her meine Tochter, und freue dich! diese liebenswürdigen Damen wollen dich unter sich aufnehmen.

Jul.

(Wechselseitige Verbeugungen.)

Julie. Liebe Mutter, ich hatte ja schon längst die Ehre, diese Damen zu kennen.

Mad. Dup. Kennen? was nennst du kennen? Wenn ihr Mädchen einmal in der Kirche oder im Schauspiel die Kopfzeuge mustert, oder eine losgegangene Bandschleife zubindet, so meynt ihr, bekannt mitander zu seyn. Hier ist von ganz andern Dingen die Rede. Der Bund der Freyheit fesselt diese schönen Seelen, und du sollst eintreten in diesen himmlischen Bund.

Julie Sehr viel Ehre.

Mad. Dup. Meine Damen — (sie machen das Zeichen.)

Alle. Lucretia!

Mad. Dup. (zu Julien) Du erstaunst? nicht wahr du bist überrascht? ein heiliger Schauer dringt durch alle deine Adern?

Julie. (das Lachen verbeissend) In der That, alles was ich sehe und höre, ist so Geheimnißvoll —

Mad. Dup. Du sollst erleuchtet werden. Doch, die erste Bedingung, ist: feyerliches Versprechen, nie einem Aristokraten deine Hand zu geben.

Julie. Wenn er aber liebenswürdig ist?

Mad. Dup. Er kann nicht liebenswürdig seyn.

Julie. Doch in meinen Augen.

Mad Dup. So muß Vaterlandsliebe jede andere Leidenschaft ersticken. Die Aristokraten müssen gänzlich ausgerottet werden, und wie könnte
man

man das besser, als wenn man sie gar nicht mehr heyrathen läßt? so sterben sie endlich von selbst aus.

Julie. Ich muß Ihnen gestehen, liebste Mutter, daß ich an allen diesen politischen Zänkereyen gar keinen Antheil nehme.

Mad. Dup. Nicht? liebst du dein Vaterland nicht?

Julie. Ey ja doch, aber wenn Sie mich fragen, was ich darunter verstehe, so weiß ich es kaum selbst.

Mad. Dup. Dumme Gans!

Julie. Das Haus, in welchem ich gebohren und erzogen wurde, die Spatziergänge, wo ich als Kind herumhüpfte, die Nachbars Kinder, mit welchen ich spielte, Vater und Mutter, die mich immer lieb hatten, eine Amme, die mich in den Schlaf schaukelte, junge Herren, die mit mir liebäugelten als ich heranwuchs; das sind die Dinge, die mir einfallen, wenn ich an mein Vaterland gedenke.

Mad. Dup. Was? Freyheit — Geseze — despotische Gewalt — Lettres de Cachet —

Julie. Ach das ist mir alles gleichgiltig. Freyheit? ich habe immer gelebt, wie ich jetzt lebe. Geseze? ich verstehe mich nicht darauf. Despotische Gewalt? ich habe gute Eltern, Niemand hat dergleichen an mir ausgeübt. Lettres de Cachet? ach! der, der mein Herz gefangen nahm, hat es seinen Blicken keiner Lettres de Cachet zu verdanken.

Mad. Dup. Sie ist nicht zu bessern.

Eine Dame. Sie ist verlohren.

Alle. Verlohren!

Erste Dame. Wissen Sie denn nicht, Fräulein Julie, daß die Freyheit jetzt die neueste Mode ist? und daß ein junges Mädgen wie Sie, alle Moden mitmachen muß?

Julie. Ey nun, auf vier Wochen mögte es allenfalls hingehen, aber diese Mode dauert schon ein paar Jahr.

Erste Dame. Sie ist halsstarrig.

Die Zweyte. Eigensinnig.

Die Dritte. Ein wenig dumm.

Die Vierte. Sie ist verlohren.

Alle. Verlohren!

Mad. Dup. Wie es beliebt, mein Fräulein; aber das sage ich Ihnen: aus Ihrer Verbindung mit dem Marquis de Rozieres wird nichts. Wenn Sie aber doch so große Lust haben, an einen Aristocraten gefesselt zu seyn, so können wir Ihnen dies Vergnügen wohl verschaffen. Da hinten sitzt Einer. Was meynen Sie, meine Damen, wenn wir sie zu Schimpf und Spott, jedesmal, so lange unsere Versammlung dauert, mit jener Wachspuppe zusamen schmiedeten? Da mag sie sitzen, und die Larve liebkosen.

Alle. Ein allerliebster Einfall.

Julie

Julie. Auch ich bin es zufrieden; aber nehmen Sie sich in acht, liebste Mutter, man weiß heut zu Tage nicht, was hinter jeder Larve steckt.

Mad. Dup. Ich glaube, du unterstehst dich noch zu spötteln? Helfen Sie mir, meine Damen, das ungerathene Mädgen züchtigen. (Sie machen alle das Zeichen, und rufen Lucretia! darauf schleppen sie Julien hinter zu dem Marquis, setzen sie neben ihn, und winden seine Kette um ihren Arm; stellen sich sodann alle in eine Reihe, verneigen sich tief, und sagen:) Wir gratuliren zu der glücklichen Vermählung. (Antoinette kickert.)

Julie. Ist es Ihr Ernst, liebste Mutter, daß ich diesen Aristocraten als meinen Gemahl betrachten soll?

Mad. Dup. Mein völliger Ernst, ha! ha! ha!

Julie. Werden Sie Ihr Wort nicht zurück ziehen?

Mad. Dup. Ich nehme alle diese Damen zu Zeugen.

Julie. (Zum Marquis) Nun Geliebter, so schwöre ich dir ewige Treue!

Marq. So wie ich dir. (Er faßte sie in seine Arme, und trägt sie zur Thür hinaus.)

Alle Damen schreyen laut, und fallen sämmtlich in Ohnmacht.

Ant. Ha! ha! ha! — wie? — alle ohnmächtig? — bey meiner Treu! — alle mausetod!

Achtzehnter Auftritt.

Duport. Marquis. (der seine Kleidung wieder weggeworfen) Julie. Sechs Fremde. Vorige.

Dup. Herein meine Herren! wir wollen den Jacobiner Clubb stürmen.

Ant. Wird nicht nöthig seyn, die ganze Garnison ist vom Blitz erschlagen worden.

Dup. Wie? was bedeutet das?

Ant. Der Schrecken über den rüstigen Aristocraten, der mit Fräulein Julien davon lief.

Dup. Bravo! lassen Sie uns diese Windstille benutzen, ehe der Sturm von neuem ausbricht. Jeder der sechs Herren legt sich einer der sechs Damen zu Füssen.

Dup. Auch ich alter Kerl will noch einmal mein Knie beugen, und sehen, was glatte Worte über ein Frauenzimmer vermögen. (Er kniet) vor seiner Frau. Ein Jeder küßt seiner Dame die Hand.)

Alle. (aus der Ohnmacht erwachend) Ach!

Dup. Meine Königin!

Erster Herr. Meine Kaiserin!

Zweyter. Meine Monarchin!

Dritter. Meine Despotin!

Vierter. Ist es billig, daß sie Demokraten und Königinnen zugleich seyn wollen?

Fünfter. Demokraten im Staat und Königinnen in ihren Häusern.

Sechster. Können Sie uns verdenken, daß wir Aristocraten sind, da uns die Liebe schon längst an Despotie gewöhnt hat?

Alle Damen. Ach!

Dup. Wollen Sie auch gegen den Gott der Liebe rebelliren?

Erster Herr. Amor läßt sich weniger gefallen als mancher König.

Zweyter. Ich mag nicht frey seyn, so lange Ihre Augen mich gefesselt halten.

Dritter. Ich liebe meinen Kerker.

Vierter. Der einzige Thron der nie wankt, ist Amors Thron.

Fünfter. Ueberlassen wir die Politik den Grauköpfen.

Sechster. Schönheit ist für die Liebe geschaffen.

Alle Damen. Ach!

Dup. Weibliche Sanftmuth versüßt jede Sklaverey.

Erster Herr. Beugen Sie sich wieder unter Amors Scepter.

Zweyter. In seinem Reiche wachsen keine Laternen-Pfähle.

Dritter. Seine Gefängnisse sind keine Bastillen.

Vierter. Seine Gebote keine Lettres de Cachet.

Fünfter Seine Finanzen sind unerschöpflich.

Sechster Sie bestehen in süßen Umarmungen.

Alle Damen. Ach!

Dup.

Dup. Er bleibt nie schuldig.

Erster Herr. Bezahlt nimmer mit Papier.

Zweyter. Tastet auch die Geistlichkeit nicht an.

Dritter Befriedigt alle Stände.

Vierter. Die Grazien sind seine Leibgarde.

Fünfter. Alle schöne Weiber seine Nationalversammlung.

Sechster. Venus ihr Präsident.

Erster. Alle seine Decrete athmen Liebe.

Zweyter. Auch er macht alle Stände gleich.

Dup. Und vereinigt durch ein süsses Band Democraten und Aristocraten.

Alle Damen. Ach!

Dup. Solche Seufzer sind Worte der Huldigung vor Amors Throne.

Mad. Dup. Was sollen wir thun?

Erste Dame. Sollen wir Zeichen und Losung ändern?

Die Zweyte. Weg mit der Lucretia!

Mad. Dup. Ich widerstehe nicht länger.

Erste Dame. Die Losung sey: Amor!

Die Zweyte. Und das Zeichen — ein Kuß.

Jede Dame sinkt dem Herrn, der zu ihren Füßen liegt in die Arme. Der Vorhang fällt.